88年史

波乱万丈の少年時代から希望の道が開けました

東郷克三
TOGO Katsumi

文芸社

目次

88年史

波乱万丈の少年時代から希望の道が開けました

温故知新
九段 谷川浩司

はじめに

「小中学生で両親を亡くす」「戦中戦後の食糧難」「肋膜炎、肋骨カリエス、肺結核の大病連鎖」「定職に就けない日雇い労働での妹弟との暮らし」など9歳から、どん底生活の18年でした。

しかし振り返ってみると、人生の岐路で、たくさんの方々のご支援がありました。そして、思わぬ幸運や早世した両親の加護があったからなのでしょうか。

今や、夢にも思わなかった88歳、米寿を迎えました。

65歳の時、福岡市の原三信病院で胆石の手術。動かないようにベッドに手足を縛られ、麻酔が解けて目を覚ますと、手術後の病室に家族も看護師さんも、誰一人いません。てっきり「がん」で見放されたと思いました。

もう時間がない。退院して、すぐに自分史を書いて、子供たちに大事なことを伝えようとします。でも文章を書くのは不得意、なかなか前に進みません。

そこで、特別にご支援いただいた大恩人のご子息に、お礼状を書くことから始めました。それがきっかけで、日記、手紙、新聞、社内報などから、いろいろな資料が集まりました。

新型コロナで外出自粛の中、次男からプレゼントされたパソコンで一気に書きました。

1932年8月9日　私が生まれた時の家族　島根県松江市大正町

父　29歳　材木商
母　28歳　主婦　材木商の手伝い
長兄　9歳　小学生
長女　2歳で亡くなる
次兄　5歳
次女　2歳
三男　克三　0歳　　6人家族

2021年4月　私の同居家族

私　克三　88歳　福岡市在住
妻　啓美　83歳　福岡市在住

父と母のこと

父は材木商

松江市東本町の大火で焼け出され、大正町の借地に住居を建てました。土地は長期賃借。住居と倉庫は父の名義。

ひと山全部の樹木を売買契約し、木材を搬出して製材。自宅隣の倉庫を展示販売所にしていました。商才があったのでしょうか、私が幼いころは、ほどほどに、ゆとりある生活だったと思います。

１９４１年、大東亜戦争勃発。統制令により、個人経営の材木商は大手に企業統合されます。元気なら、サラリーマンで働けたでしょうが、リュウマチで体が不自由になり、無職になってしまいました。

少しでも収入を得ようと、何かの葉を乾燥いぶし、紙で巻いて煙草の代用品をつくる内職をしました。本物の煙草は配給で喫煙者にとっては品不足です。私たち子供も手伝いました。違法なことだったかもしれません。

元気な頃を想い、やるせない気持ちだったのか、私たち子供は、ちょっとしたことなのに、竹で叩かれました。

学校から帰宅すると、勉強でなく「芋、カボチャ、トウモロコシの広い畑」の作業をします。帰宅が遅いと怒られます。

古瀬眼科で「視力が低下したのは栄養不良からです。もっと食べてください」との診察。

戦中戦後、農家以外の家庭はみんな食糧難。私も体力不足。鍬で土を掘り起こすのはきつかったです。

当時、小中学生にとって怖いものを「地震　雷　火事　おやじ」と言いましたが、私には一番が「おやじ」でした。貯金を取り崩して、家族を養う生活ですから、今なら、つらい父親の気持ちを理解できます。

父の趣味は将棋と民謡

同業の材木商の家で夜、よく将棋をしていました。

私は小学校2年生から本将棋を教えてもらいました。85歳まで将棋で、お役に立つ活動が出来ましたから、将棋は父からの人生最大の贈り物と感謝しています。

酒が入ると、「安来節」「貝殻節」「関の五本松」を歌います。

自然に覚えたのか、私は現役時代の宴席で山陰の民謡ばかり歌いました。

カラオケブームになって、やむなく歌った演歌は調子はずればかり、ずいぶん恥ずかしい思いをしました。

母親の決めた結婚

島根県能義郡広瀬町（現安来市）生まれ
太っていました。朝5時に起きて、炊事、掃除、洗濯、買い物、子供の養育。
夜中に、私が目を覚ますと、子供のセーターや手袋の毛糸編みをしていました。
睡眠時間は6時間ぐらいだったと思います。
座敷の掃除には昨日の茶殻を撒いて、埃を吸い取らせて、箒で掃きます。

濡れ雑巾で玄関のガラス戸から、柱、壁、廊下、キッチン、トイレを拭きます。冬の冷たい水での洗濯板洗いは、さぞ、きつかったと思います。

今のような洗濯機、炊飯器、電子レンジ、お風呂の自動化など、一切ない主婦の家事労働は、つらかったと思います。母亡き後、小学3年生から私は洗濯、ご飯炊き、ボタン付けなど、しましたから少しはわかります。

母は、留守の父に代わって、木材を買いに来られるお客様の応対もしました。子供心に残っているのは「安く売った」と父に怒られ、母は近くの馬蹄の鍛冶屋に逃げ込みました。

何時間か経って、ほとぼりが冷めたころ、私たち子供が迎えに行きました。

2000年ごろ、福岡から松江に行った時に、50年ぶりに鍛冶屋の長女さんに「東郷材木店はお母さんがおられたから、繁盛していましたよ」と聞きました。

大黒柱だったのです。

8人目の赤ちゃんを死産、39歳の若さで突然亡くなりました。

この日から私たち家族の長い苦難の人生が始まりました。末の妹は2歳、私9歳。

幼少年時代

子供のころは「トンボとり」に夢中

天神川の岸辺に止まる雌雄連結のオニヤンマを、川の中に静かに入って、タモで捕ります。このつがいを「のれん」と呼んでいました。

夏の日の夕方は松江工業学校グラウンドへ。魚釣りに使う錘2個を30センチぐらいの糸で結び、それを山に帰るトンボに向けて空高く投げます。トンボは虫と思って、食いつき、糸に絡まってグラウンドに落ちます。スリル満点。

でも、翌朝には全部逃がしてやります。毎日ですから、顔と手足は真っ黒に日焼けしていました。

満三歳の紐落とし

海軍服を着て、松浦写真館で写した記念写真があります。東郷平八郎元帥にちなんで母が着せてくれたのでしょう。幼児の時の写真は2枚だけ残っています。

このころ母と二人で、松江駅通りにあった出雲劇場に行きました（3歳）。松江市唯一の劇場。お姑さんが火鉢の中にあった火箸で、お嫁さんをいじめるシーン。母は泣いています。私は本当のことと思い、恐ろしかったです。母にとっては、一年一度の楽しみだったかもしれません。

3歳のころなのに、いまでも、映像のようによみがえります。

妹　登喜子　三女　生まれる（1936．2．3）

松江高校卒業。在学中、購買部で働き、月謝や教材を自分で賄いました。

一時、広告代理店に勤務していましたが、将来を考え、島根県立出雲中央病院付属高等看護学院に入学。その後、同病院に勤務します。勇気ある賢明な決断でした。

白名啓美　生まれる　島根県仁多郡三成町（1938．2．2）

父　28歳　阿井小学校教師

母　24歳　主婦

1941年、父の中国順徳小学校教師赴任に伴い、母と啓美も渡支。

帰国の後2年、母は32歳の若さで亡くなられる。啓美は小学校3年生。

1961年、私はロッテ宣伝カーに同乗。狭い道路で三成町の方の車と軽い接触事故。

その現場は白名家のお墓から見える、10メートル先の道路でした。

啓美のお母さんが引き合わせのご縁を、つくってくださったと思われてなりません。

結婚するまでに一度しか、通らない場所でしたから、不思議です。

それから半年後の結婚です。

横田高校卒業。1962．5．17に私と結婚。

妹　京子　四女　生まれる（1939．7．13）

母を2歳で亡くし、家庭のぬくもりを知らず成長しました。

小学校低学年のころ、天神川沿いの道を寂しそうに、とぼとぼと小学校へ歩く姿に涙しました。私は肋膜炎で松江中学を休学中。励ますこともできず、無念でした。

19歳で大阪にひとり出かけ、その後、音信がなく心配していました。

1961年、出雲地方の大水害がテレビで全国に放送され、それを見た妹から、見舞いの電話がかかってきました。「大水害、大丈夫ですか？」力のある声です。私たち、きょうだいは驚き大喜び、次々と電話を代わり、話し合いました。

次月のロッテ大阪支店での営業会議の翌日は日曜日。私は地図を片手に、聞いた住所を探します。やっと見つけました。「こんにちは、克三です」と大きな声で。

妹の姿が見え、駆け上がり抱きしめました。「生きていてくれて、よかった」「あなたは母親の顔も知らず、大変な苦労をしたね」二人とも抱き合いながら、涙がとめどもなく、こぼれます。嬉しくもあり、悲しくもありました。

いろいろ事情を聴き「来月も来るからね」と言って梅田駅に向かいました。

うれしい交流復活です。その後、幸運にも誠実で仕事熱心な好青年、松田文雄さんと結ばれました。

結婚披露宴は大阪鶴橋のレストランで行われ、松江市から、姉と啓美と私の3人が出席。ロッテ松江出張所長としてご指名を受け、祝辞を申し上げ、妹も喜んでくれました。二人で力を合わせ、温かい家庭をつくり、三姉妹をそれぞれ立派に育てました。

松江市朝日小学校に入学

入学式には母が連れていってくれました。3年生の時に亡くなりましたので、学校に来てもらったのは3回だけです。6人の子供の世話や、材木商の手伝いで忙しかったのです。

1年生の体育の時間。学校の土俵で勝ち抜き相撲。私は小柄ですが、足腰が強かったのか、15連勝しました。猫またすくいの得意技や左からの上手投げが利きました。

担任の先生は「小さな体なのに」と驚いておられました。

母親の急逝

大東亜戦争が始まる3か月前の1941年9月24日、夜半に私はたたき起こされました。

二階に上がると、兄姉の泣き声が響き、向こうの壁際に、母はもうぐったりして、息絶え絶えです。どうしてこんなことになったのか、まったくわかりません。

前日の夕食に得意の赤貝ご飯を炊いて、いつものように隣近所にお配りしたのに。末の妹は2歳。母は声を振り絞って「京子を頼みます」と、お手伝いさんに伝えました。それが最期の言葉になりました。そして、周りで泣いている子供たちを、ゆっくり見まわします。自分の命を悟ったのです。

私たちは、一層大きな声でワンワン泣きました。産婆さんは出血しても、大丈夫と言われていたのに、手遅れになってしまいました。今の医学なら、勿論助かります。

葬儀を終えて三日目に、米子市の母の妹と二人、宍道湖で血に染まった毛布を洗います。透明な湖水が見る見るうちに、真っ赤に染まり、5メートル、10メートルと広がります。9歳だった私は黙って見つめ、涙をこらえました。母の体のすべてが、この世から消えてしまうと思うと切ない。


米子の叔母さんにお礼訪問（2006.7.22）

米子市にいる妹から「叔母さんは米子市の介護施設におられます」。

73歳の私は、早速カローラで妻と博多から中国自動車道を走りました。

私の母が元気なら105歳。叔母さんは15歳若い90歳。

米子市の入口にある介護施設。奥からスタッフの方に体を支えられながら、ゆっくり歩いてこられます。「昔、松江市にいた東郷克三です。子供のころ大変お世話になりました」「私の母が亡くなった時、宍道湖で毛布を洗ってくださって、ありがとうございました」申し上げますが、不審なお顔です。

「母はツネヨです」と言ったら、すぐに「ツネヨ？　覚えとる。懐かしいなあ」と言われます。松江のお菓子をお渡しすると「これ、お土産。そんなことせんでもいいのに」とも。私が母の姉妹の名前を一人ひとり言ったら「知っとる。知っとる」


きょうだいは、いつ迄も忘れないほどの強い絆なのでしょうか。

部屋の前で啓美と一緒に写真を撮ると、初めてニッコリ笑顔になられました。「姉ツネヨの家族なのだ」と安心されたのでしょう。

エレベーターの前までお出でになり「何もことづける物がない」「また来てごしない」なつかしい、やさしい米子弁です。

高齢なのに、明るくセンスの良い服装。品のある美しい方です。廊下に「すみれ」と書いた書道は叔母さんの名前です。見事な線質。

母に再会したような、ほのぼのとした気持ち、とても嬉しかったです。

母のきょうだいで、お元気なのはお一人だけですから。

その後、山陰に行くと、必ずお会いしました。喜んで下さいます。
啓美は福岡の教室で教わっている絵手紙を毎月送り、ご家族からも、ご丁寧なお礼の手紙をいただきました。

長兄　夏の甲子園出場（松江商業　2番　一塁手　1941年8月）

出場前に、大勢の松江商業応援団が大正町の自宅前にて応援歌。町内の方もたくさんおいでになり、大声と元気なパフォーマンス。覚えています。「フレフレとうごう」

ラジオの実況中継。「打ちました。東郷。三塁打」朝日小学校の1年担任の先生は「ラジオで放送している東郷選手は兄さんですか？」

今は亡き兄にお礼を言わなければなりません。私が20歳で肺結核で入院した松江国立病院の医療費を結婚して新家庭を持っていたのに、全額負担していただきました。

命を助けてくれたのです。

紀元2600年記念式典　朝日小学校　永瀬校長先生　1939.11.10
大東亜戦争始まる　日本Pearl Harbor奇襲　1941.12.8

大正町から新雑賀町に引っ越し（1942年　10歳）
土地：120坪、建物中古：5千円。無収入の父は貯金を下ろしての購入。
10部屋ある大きな家。後に2世帯の賃貸料が家計を助けてくれます。
母が亡くなって1年。父、再婚。私は母をしばらくの間「おばさん」と呼んで、親戚に叱られました。

弟　生まれる（1943.7.7）
松江工業高校夜間部卒業。昼間、文具卸店や菓子卸店で働き、夜間は勉強です。家庭の貧乏で普通高校に行けなかったのに、腐らずよく耐えました。
「1部上場の商社」に中途採用され、働き場所を得たようです。

四国松山営業所の責任者をしているときに、結婚。中国、韓国にも出張。リタイア後、会社を設立。夜間学校を出てのがんばり、あっぱれです。新型コロナが世界に蔓延。中国の友人からのマスクを各地の親戚に送ってくれました。苦労人だけに、心配りが出来ます。

朝日小学校　林重徳先生の励まし（5～6年担任　11～12歳）

松江公会堂での剣舞の3名に選んで下さる。公会堂は松江市内随一の晴れ舞台。岩田君と鎌田君は剣道の実力抜群。私は足腰の強さで跳び箱と相撲が得意。でも、剣道はそれ程ではなかったのに。

修身の時間で先生「東郷には陰徳がある」

みんなの前で言われました。私「どうして？」と思いました。

母親を亡くして、父親は無職。家庭訪問で事情をご存じでしたので「がんばれ」と励ましてくださったに違いありません。

学校の先生は「子供の一生に大きな影響を与える聖職」と思われます。

島根県立松江中学校入学　猛勉強開始

大東亜戦争終戦（敗戦）（1945．8．15　13歳）

7月から勉強を中断して、学徒動員。アメリカ軍B29爆撃機の焼夷弾による類焼を防ぐため、一軒おきに家屋倒壊作業をしていました。住宅疎開と言いました。朝「今日は作業を中止せよ」「正午より天皇から重大発表がある」との通達。ラジオで天皇の玉音放送を聞きました。雑音が入り、よく聞きとれません。大人の方が「戦争は終わった」と。大人はみんな深刻な顔をしています。私は「鬼畜と教えられていたアメリカの占領で、日本はどうなるか」不安でした。

食べ物の有難さ

この動員で、昼食に毎日1個の塩おにぎりが配られました。美味しかったです。

家では芋や自分の顔が茶碗の中に映る水っぽいお粥ばかりでした。しかも腹五分目ぐらいです。成長期の食糧難。シニアーまで生きているのは「医療の進歩」と「粗食で凌ぎ、食の有難さを知った」からでしょうか。

松江中学校　脇田校長より優良賞をいただく（学年約400名中10名）

1946．4．12「品行方正　学業優秀につき優良賞を授与する」

特待生バッジの胸章。貧困の中でも一層、向学心を高めました。

肋膜炎を発病し休学（中学2年生）

朝の授業始めに「おはようございます」と号令をかけ、椅子に腰を下ろそうとしたら、めまいを起こし机に伏してしまいました。鼻血も止まりません。早退して松江日赤病院へ。湿性肋膜炎と診断され、休学のやむなきに至ります。9月〜3月、自宅で静養。

復学　翌年4月から再び2年生そして肋骨カリエス発病（14歳）

肋膜炎の後遺症です。はじめは、心臓の真上の肋骨が結核菌に侵されて膿になり、レントゲン照射治療。患部は次第に中央に移り真ん中になり、注射針で膿を吸引されます。お医者さん「今は心臓の上でないから、手術すれば治ります」「いくらかかりますか?」「3万円です」

今のお金で、30万円以上です。とても、無職の父親に話せません。

小林松江市長に手紙で直訴（中学2年生）

当時、健康保険制度は中止されており、医療費は全額自己負担です。家族に内緒で市長に訴えました。「カリエスの手術には3万円が必要です。それでは、家計が破綻します。健康保険復活をお願いします」と。

数日後、同級生のお母さんが私の手紙を持って来られ、家族に事情を聴かれました。金融機関で働いている兄姉は「恥ずかしいことを勝手にやるな」と怒ります。当時も民生委員制度があったのでしょうか。

その夜、いつもは怖い父がこっそりと「いりこ」を手に握らせました。自分に何も話さず、手紙を出したことを不憫に思ったのです。骨の再生にはカルシュウムと。

NHKラジオテキストを書店で書き写す（中学2年生）

好きな学科は数学、英語、物理。テキストを買うお金はありません。松江市で一番大きな書店で、テキストの2〜3行を暗記し、外に出てノートに書きます。ある日、面倒とばかりに店内で書き写していました。「こら」と店の方に塵はらいで頭を叩かれました。店としては黙認できません。私が悪いのです。でも、その時は情けなかったです。お金がないのが。

父　一義　松江日赤病院で亡くなる（48歳）（中学3年生）

急逝肺炎で入院。膿胸を併発して亡くなりました（1949．3．28）。20歳台に大火で焼け出され、裸一貫、木こりからがんばって材木商経営。

困難を乗り越えてきたのに、戦争で廃業。志半ば、無念の晩年でした。
小柄だった体はさらに小さくなってしまいました。義母、姉と見守りました。
私たちに土地120坪の大きな住宅を残していただきました。

松江中学　西田先生から松江高校進学を勧められる（中学3年生）
3月のはじめ、数学担当の西田先生「職員室に来てください」
先生「松江高校は無試験入学なのに、申請が出ていないが、どうして?」
私　「父が重病で入院していますので」
先生「もったいない。高校だけは行きなさい。将来必ず役に立ちます。もし、困ったら応援します」私は数学が大好き、先生は心にかけていて下さったのです。嬉しいのか、悲しいのか。職員室で涙がこぼれ続けます。ありがたかったです。人生の岐路になりました。実際、高校で学んだ数学や国語が後に、ロッテで大きな力になりました。大学に行かなかったけれど。本社人事部長や役員、重光社長まで松江高校卒業を信用していただきました。大卒と同じように処遇されましたから。そして、西田先生にお礼を申し上げたいと、松江北高校事務所を訪ねましたが、住所はわからず、今日に至り心残りです。大恩人です。

島根県立松江高等学校入学

授業料滞納者

毎月のように、月謝を期日までに納められず、学校入口の大きな黒板に名前を書き出されます。忘れたわけでなく、お金を用意できない常連ばかりです。見て見ぬふりをして、黒板の前を急ぎました。

ノートは1冊

両親が亡くなり、長兄は結婚して新しい住居に移っていましたから、次兄と姉が私たちを扶養してくれました。学費はそんなに余裕はありません。高校ではすべての教科を1冊のノートに書きます。できるだけ、その場で暗記するようにしました。だから記憶力が培われたかもしれません。

雪路をゴム草履で通学

下駄の通学で、よく鼻緒が切れました。ある日、家まで1キロの天神川沿いで、電柱にもたれながら、切れた鼻緒を結ぼうとしていました。後から来られた上級生の女子高校生が、自分のハンカチを千切って「これを使ってください」と渡してくださいました。知らない方です。その親切に驚きましたが「ありがとうございます」素直にお礼の言葉が出ませんでした。

それから、暑い夏も雪の降る冬も、素足で鼻緒が絶対に切れないゴム草履にしました。バイオリンを担いで喜々とはしゃぐ音楽部サークルの高校生は別世界の人のように思えました。

大四郎叔父さんの並々ならぬご支援（中国電力出雲地区散宿所）

父の弟、大四郎さんは父が亡くなってから、20年間私たち子供を見守ってくださいました。成人するまでの7年間、毎週のように「サツマイモ、カボチャ、お菓子」などをオートバイに積んで、来られました。

「おーい」と声がすると私たちは「叔父さんだ」と玄関に走ります。今思えば、「サンタクロース」か「袋を担いだ大黒さん」のようです。「元気にしているか？」と案じ、来てくださるのがとても嬉しかったです。

両親が亡くなると、家に来る方は少なくなります。自分の子供さんもおられるのに、小学生だった二人の妹を引き取って養育くださいました。頭が下がります。

叔父さんがおられなかったら、幼少年の私たちは頑張れなかったかもしれません。

就職すべて不合格　ただ一人の高校卒業浪人

当時、就職試験を受けるための履歴書には「家族全員の氏名、年齢、勤務先と本籍地」を書かねばなりません。父死亡、母死亡。そして、子供全員の明細を書くのです。

高校卒業の1952年は不況の真っただ中。両親がいないことで金融関係はすべて書類選考ではねられ、受験できません。第2次まで行った会社は胸部レントゲンで、申告していない肋膜炎の跡が見つかり不合格になりました。

3月8日の卒業式には、ただ一人だけ無職になります。男子の9割は大学進学。残りも、それなりの企業や公務員に内定し、皆さんにこにこしていました。

卒業時の体重14・5貫、身長161センチ、小さく痩せています。

職歴と肺結核入院

初仕事は松江市競輪場警備員（1952．3　19歳）

近所におられた松江市日雇い労働組合委員長、清水義則さん。

高校卒業間もない私に「紹介するから、競輪場で働きませんか」と心配してくださいました。その頃は今と違って、暴力団と言っても、すべて否定されるのではなく、社会にとっても必要な役と場がありました。

松江市は競輪場を、広島市は競艇場を警備委託していましたから。

朝、スタンドの下にある電灯のついた事務所におられる組長に挨拶。私たちは、開門前に入口から竹箒で砂の上を掃きます。京都の立派なお寺の庭のように砂地に、きれいな筋目をつけること。塵一つ残らないように。

お客様をお迎え誘導の後、スタンドに間隔を置いて席に着きます。終了まで、事故や騒乱などのないように努めるのが警備員の仕事です。

ところが、わずか2か月で「学生服を着た警備員は未成年者ではないか」と市議会で問題になり、退職しました。もし、あのまま続けていたら、正組員になったでしょうか。

その体験が22年後に役に立つ（1973年　名古屋市　40歳）

「お前のとこのチョコレート不良品を子供が食べて、腹が痛くなった。すぐに来てくれ」とお客様からの電話。私はひとりで、指定されたビルの一室に向かいました。

5人の強者がいる暴力団組事務所でした。組長らしい人「子供が腹をこわして、一生チョコレートを食べれなくなった」「どうしてくれるか」

ひたすらお詫びして、新しい商品を箱ごとお渡ししました。

組長「新聞社と保健所に届けるぞ、明日の新聞に載るが、それでいいか」

「社長を連れてこい」事前に企業年鑑で調べています。常套手段なのです。

私「どうしたら、いいでしょうか?」組長「そんなことは自分で考えろ」

組長は椅子に腰かけて、前の机に分厚い現金封筒の束を置き、人を殺せるような30センチくらいの大きな鋏で、一つひとつ封を切って、現金を出しながら濁声で脅かします。

それは、企業や夜の飲食店からの「みかじめ料」と思いました。

現金封筒は「お前も金を持ってこい」とのメッセージです。

普通の人なら、恐れをなして引き下がり、金銭で解決するかもしれません。

私は短期間でも暴力団員と仕事をした体験から「お金が目的であって、決して傷つけることはない」「脅迫罪になる金銭提示はしない」と知っていましたから、対面でなく、鋏を持っている組長の横に座りました。正面で向き合っていては、対立した気持ちが続きます。敬語でお詫びを繰り返しながら「あなたは怖い人ではありません」「私はあなたを信用しています」との意思表示です。

二日間4時間かかりましたが、少し多めの自社商品で了解いただきました。

「どんな体験でも、いつかは役に立つもの」そう、思うようになりました。

天神町の衣料品卸店に勤務（19歳）

得意先への発送荷づくりが主な仕事でした。次兄の銀行の上司の紹介で入社。

疲労感ひどくなり、松江日赤病院診察

先生「肺結核です。入院が必要です」肋膜炎、肋骨カリエス、肺結核。みんな同じ菌の仕業です。

日本刀で庭の松の木を切りつける（19歳）

何時になったら、入院できるのか、連絡はありません。

このころ、肺結核は国民病で死亡率トップ。病室数不足。特効薬はなく、空洞があれば、手術で肋骨を5～6本切除し、筋肉で空洞を圧迫させる治療です。治ったとしても、体幹が歪んでしまいます。

もう、まともな仕事には就けない。なんの役にも立たない人間。絶望の毎日です。

戦争末期、長兄が中国で少尉に任官され、父が買った日本刀が天井裏に隠してありました。それを持ち出して、裸足で庭におり、力いっぱい「えいえい」と気合を入れて大きな松の木の幹を切りつけます。皮がめくれて、肌がむき出しになりました。姉妹は今でも、「あの時は怖かった」「気が狂ってしまったか」「殺されるかも」と思ったと、話します。形に趣のある松の木は数年後、玉造の大四郎叔父さんの庭に移されて、現存しています。（日本刀はもうありません。）

日赤でなく結核病棟のある国立松江病院に入院（20歳）

待機9か月で入院。「どうせ、まともな体に戻るわけではない」冷めた投げやりな気持ちでした。生きていても自立できない。家族に迷惑ばかりかけるだけだ。

3人の病室。仁多郡阿井小学校の教師。松江高校生。私。

病室では、よく理解できないけれど西田幾太郎の「善の研究」フロイトの「心理学」などを読みました。世間から取り残される不安でいっぱいです。

3か月で退院、夜、隠れるように帰宅。

担当の医師「レントゲンについて、国立療養所の医師と協議した結果、肺浸潤が固まりつつあるとの判断になりました」「今後は内服薬と新薬注射により、治療します」

私は空洞がなくて手術なし、助かった。一先ずそう思いました。

待機中の患者さんが多く、決まった翌日の退院です。

自宅から自転車を運んでもらって、暗くなった夜8時、布団を積んで一人、近所の人に見られないように、こっそりと新雑賀町の自宅に帰ります。結核患者との接触は極度に恐れられていましたから。

帰り道「馬の背の坂道」は苦しかった。一年間の療養で体力低下を痛感しました。

仕事もなく、しばらく自宅静養（20歳）

退院の翌月、妹が盲腸炎で松江市中原町の病院にて緊急入院手術。

私は何の手伝いもできません。小学生の弟と二人留守番。

自分に腹が立ちます。再就職は不況と病歴でむつかしい。

松江市失業対策事業衛生班　勤務（1954．4　21歳）

松江職業安定所の紹介。50歳以上の仕事のない高齢者に仕事をしてもらう事業です。

家庭の事情を考慮して、若いのに、男女10名の臨時雇いに入れていただきました。4月～9月の夏季限定。

仕事内容は、

① 全市内の下水溝の清掃。当時、側溝に蓋がなく土砂が累積します。

② 伝染病患者宅の消毒。トイレ、寝具、全部屋。

③ 市営プールでの夜間監視員。姉妹弟が交代で、手作りの弁当を届けてくれました。ありがとうございました。

④ 家庭ごみの収集。三輪トラック。台所のごみはリンゴ箱。担ぐと汚水が肩に零れ落ちます。

⑤　不法投棄のごみ撤去。刑務所前の作業が朝日新聞に写真入り報道されました。同級生や近所の方に見られたら恥ずかしいと、帽子を深くかぶり、隠れるようにしていましたが、妹弟と暮らすためには、仕事できるだけで、ありがたかったです。私一人の暮らしだったら、ここまでしなかったでしょう。

おかげで忍耐力が強くなれたように思います。

中古自転車を買う　最大の個人財産（22歳）

毎月の米子市、出雲市職業安定所への仕事探しや図書館、出雲大社に自転車で走りました。タイヤのチュウブが傷んでいたので、道中よくパンクしました。

自分で、いつでも修理できるように「ゴムのり、ゴム、ペンチ、空気入れ」を携行。

ある日、パンクしないように、タイヤに乾燥した稲の藁を固く、ぎっしり詰めました。アスファルトの上はいいけど、土の道路では頭にガンガン響いて乗れません。ノーパンクタイヤは大失敗しました。今考えれば、笑い話です。

失業保険受給と図書館通い（22歳）

夏季限定の6か月間、衛生班で働けば、10〜3月までは、7割相当の失業保険金が毎週、職安で支給されます。助かりました。

大阪の電池メーカーの新聞募集広告を見て、履歴書を送りましたが、なしのつぶて。工場労働でも定職には、なかなかつけません。

この半年間、毎日出勤するかのように、カバンをもって自転車で松江城内にあった島根県立図書館に通いました。「若者がぶらぶらしては」近所の手前もあります。朝から夕方まで「経済、哲学、心理学、随筆、新聞」を読みました。

昼食は毎日、北堀橋南詰めにあった「日の丸パン」の1個10円のコッペパンと水。野菜やタンパク質はありません。今のように、バランス食でなく、腹が膨れればよかったのです。

松江高校の同級生の大半は大学で学んでいます。

みんなに遅れないように、読書に精出しました。気が焦り、不安だったからと思います。しかし、その先に就職の目途はありません。

帰りには、東郷家の菩提寺、妙興寺の両親の墓前で「どうぞ仕事を与えてください」と祈りました。

山中鹿之助が祈った言葉「我に七難八苦を与えたまえ」も唱えます。そうすれば「いつかは道が開けるかも知れない」と思っていました。

石川県倶利伽羅峠　鉄道工事（1955年4～5月　22歳）

松江職安の紹介。森本組の社長は島根県出身でしたから、松江の職安に依頼されたのです。工事現場は石川県河北郡倶利伽羅峠字苅安。

労働者20名、列車で山陰線、北陸線に乗り、源平合戦で有名な倶利伽羅峠の大きなお寺に入りました。寺の大広間で寝泊まりする飯場生活です。

肺結核で退院してから2年、生まれて初めての重労働です。病気が再発したら仕方ない。普通に考えれば無謀な行動です。家族は反対するに決まっているので、「大阪に仕事を探しに行ってくる」と話し、下着、洗面具、少しのお金を持って出かけました。

初日の作業は「砂利と砂、セメント」をスコップでまぜる長時間作業。

突然の過酷な労働で異常と感じた指に血液が集まったのか、夜、隣の指と引っ付くほど、全部の指が腫れあがります。熱を持っています。しかし、1週間、我慢して仕事を続ければ、だんだん元に戻ります。人間の体には対応する力があると、わかりました。

作業内容：もっこ担ぎ、セメントづくり、トロッコ、ダイナマイト、線路運び。

一番きつかったのは、鉄道線路を前後二人ずつ、四人で運ぶ作業。

肩に綿入りの布を置き、その上に線路を乗せるのですが、重くて肩が千切れそうです。足もふらつきます。落とせば、他の三人は大けが必定。必死に歯を食い絞り、足に力を込めて歩きました。

倶利伽羅郵便局に貯金

一緒に働く皆さんは5～20年、重労働した力持ち。夜は寝室になるお寺の本堂で、一升瓶を抱えての酒盛りです。コップの冷酒で盛り上がりました。私は病気上がりの22歳、お酒は全く飲めません。
最後の一週間は、約束の工期に間に合わせるため、一日二役の長時間労働。午前6時起床。昼夕食を挟んで、午前2時までの作業。おかげで想像以上の大金を手にし、毎週、倶利伽羅郵便局に預けました。

家族からの手紙が、森本組に届きました

1か月経ったころ、妹弟からお寺に郵便が届きました。差出人は妹（19歳）。中の便箋は、たどたどしい文字で書かれた弟（11歳）のものです。文案は二人で考えたのでしょうか。私は大阪へ仕事に行くと言ったのに、その後音信不通。松江の家族は、心配して松江職安で就職先を尋ねたのです、
手紙文（原文のまま）
石川県河北郡倶利伽羅峠村苅安　森本組倶利伽羅峠出張所内　東郷克三様
克三君、げんきですか。ぼくも、元気です。自転車、こめあんちゃんが、ベルをこわしたので、ぼくがなおしました。チェーンは登喜ちゃんが、油をかってく

れました。克三君、パンばかりたべて、えいよう失調になります。けいきをつけて、ごちそうをたべてください。石川県で仕事があると、きいたので、だれも、あんしんしました。その前は、大阪に行くといって、出ていきましたので、しんぱいしていました。克三君が地下鉄で寝ているかと、はなしをしていました。

ぼくは克三君の夢をいつもみています。宍道湖のうめたてに、子供の国とゆう遊び場がつくられ、汽車などが、通っています。町には赤と白の幕が、なみのようです。それに、さくらの花が、いちめんに咲いています。

克三君、ではさようなら。手紙ください。ごきげんよう。


倶利伽羅峠での経験はその後を生き抜く力になりました。
① 過激な労働で肺結核の再発を懸念していましたが、体中の結核菌をすべて追っ払ったのか、重労働を厭わない頑丈な体になり、不思議にも65歳まで、ほとんど寝込むことはありませんでした。ロッテで信用されることの一つになったと思います。

② 私は今でも「きつい」と思うときには「あの仕事をやってきたんだ。負けてたまるか」と、声を出して自分に言い聞かせます。そうすると「あの時のことを想えば大したことでない」と吹っ切れます。

初めての大阪（1955．4　22歳）

石川県からの帰途、大阪梅田駅で降りる。山陰線への乗り換え時間を利用して市内を散策。地図を見ながら、すべて徒歩。乗り物を選ぶのに苦労するし、時間がたっぷりあるからです。梅田―中之島公園―大阪城―阪急デパート―大阪駅。倶利伽羅峠で稼いだ貯金通帳が懐にあるので、ゆったりした気持ちで歩きました。

私たちにとっては大金、当分、家族を安心させられます。

初めて見る大阪の街は何もかも珍しく「人の波、大きなビル、デパートの売り場のきれいで豊富な商品」別世界です。

阪急デパートで飲んだコカ・コーラの味は忘れません。アメリカ人はこんなものを好きなのか？
よもや、5年後にロッテ大阪支店島根県駐在員として、毎月、会議で大阪に来れるようになるとは。夜行列車で松江に向かう。

1955年1月の我が家の家計簿（22歳）
エンゲル係数は59・7％。
小中学生の文具も最低限。医療、靴、新聞も殆んど買えません。妹弟には金銭的に不自由をさせて、申し訳なかったです。

○○宣伝会社勤務（1956．4　23歳）
松江市雑賀町に事務所を構える従業員5人の小さな会社。若い事務員の方も仕事は殆んどありません。私は松江職安の紹介ですが、彼女は父親が社長の知人と言っておられました。出雲地方の国鉄駅前に蛍光灯看板を立てる会社で、受注はすべて社長。真面目そうに見えたのでしょうか？　社長に指名されて、私がカバン持ちで能義郡、那賀郡、大原郡を回ります。

商店主に農協や商工会の推薦状を提示し、駅前看板のすばらしさを説明し、その場で契約、現金を受領します。社長は英国製の最高級スーツ、ピカピカに光った靴、恰幅のいい体。さわやかに短時間で説得する技術は見事、驚きました。2軒目からは隣の契約書を見せますから、仕事は早いです。

1か月したら、新聞に「○○社長が指名手配され、遁走した」とあり、会社にも来られません。遅延した給与は全員もらえず、真面目そうに随行した私も、詐欺犯罪の一役を担ったのです。今思えば、その後に役立つ学習体験です。

天神町の書店勤務（1956年から3年間　23歳～25歳）

仕事は「店頭での応接、配達、集金、売掛金の記入、掃除、仕入れの一部」「平凡、明星、婦人雑誌、映画などの娯楽雑誌」は入荷の夕方から市内の貸本屋に大量に配達しました。発売日には常連のお客様が店頭で待っておられますから、急ぎます。3年間お世話になりましたが、将来を考え、仕事のあてもないのに退店しました。

仕事探しに大阪、東京へ（1959．5　26歳）

また、無職になります。何とかしなければ、私だけでなく、家族みんなの生活が出来ません。大阪、東京なら見つかるかもしれない。「下着、洗面具、ノート、筆記具」を風呂敷に包み、懐に旅費を入れて、松江駅発の夜行列車に乗りました。ひょっとしたら「もう松江に帰らないかも」と思うと、今まで気にならなかった南の山々がいつもと違って美しく見えます。

翌朝、ごった返している梅田駅に着く。4年前に、石川県からの帰り道に来てから、2度目の大阪。少し勝手はわかります。最初に、天満職業安定所に歩いて向かいます。所内は立て込んでいました。

係りの方は「大阪に保証人がおられますか？」「そうでないと紹介できません」とピシャリと言われました。「真面目に一生懸命に仕事します」では採用してもらえません。「初対面」今、思えば、それは受け入れ側も、責任ある職安も、当然のことと思います。当時、26歳で生きるために必死の私は「そんな冷たい」と腹が立ちました。夜、東京行きに乗ります。

東京駅は初めて。地図を見ながら、八重洲口から歩いて「NHKドラマ　君の名は」で知っていた数寄屋橋に着いたのは夜。立って、きょろきょろし、考えていると、怪しげな女性に何度も声をかけられました。

風呂敷包みを大事に抱えていれば、田舎からの家出人と、すぐにわかったのでしょう。夜中になって、煌々と明るい朝日新聞社の軒下に移り、腰を下ろします。新聞の輪転機が早朝近くまで回り、安全と思いました。

しかし、人の出入りが激しく、何時までも同じところにおれないと、有楽町駅に行きましたが、すでにホームレスで満杯。休む席はありません。

今度は大勢の人で賑わう銀座のビルの前で横になりました。もちろん熟睡はできません。うつらうつらするうちに、明るくなって、バスや人通りが増えました。

2日目、再び銀座を歩いていると、電柱の「従業員募集　○○パチンコ」の張り紙が目につきます。そこでも「保証人が必要だろう」大阪で断られた職安に行く気になりません。

夜の宿泊は東京駅丸の内の待合室ベンチと決めて、夜10時に確保。間もなく満席になりました。大事な風呂敷包みを枕にして寝ました。昨夜より眠れました。

翌朝、5時、警察官に起こされ、尋問を受けます。

警官「親戚もなく、東京で仕事探しは危険です。郷里に帰られたほうがいいです」帰りの汽車賃のほかに少しお金はあるけど、これ以上東京にいても、ちゃんとした職は見つからないと断念しました。

宍道湖岸有料道路建設工事（1959．6　26歳）
土砂、セメント、砂利の運搬。宍道湖の美観と相まって、素晴らしい有料観光道路になりました。職安の紹介。

電力　検針アルバイト　中国（1959．8　26歳）
大四郎叔父さんの担当エリア。松江市朝酌町の各家庭を回る。

米子市の雑貨卸店に勤務（1959．10　27歳）

社長夫人が父の妹です。国鉄で、松江―米子を通勤。伯備線沿線の農協購買部、職域売店、一般商店がお得意様です。単独で受注活動するために、松江市で単車の免許を取らせていただきました。

希望の道が開かれました

ロッテ島根県駐在社員に中途採用される（1960．4．25　27歳）

受験の幸運は将棋の神様からのプレゼント

3月10日、松江市中原町の質店の二階で徹夜の将棋。店主、若手を代表する松江市の強豪、私の3人での勝ち抜き戦です。

我が家では新聞を取っていません。休憩時間に島根新聞を読ませていただきました。一番先に見るのは求人欄。そこに「ロッテ島根県駐在員募集」を見つけ、急ぎメモします。

ロッテは人気歌謡番組「ロッテ歌のアルバム」や「一千万円懸賞セール」など積極果敢な企業でしたから、日ごろからよく知っているガムメーカーです。

高校を卒業し、肺結核、日雇い労働を重ねてきた私には、定職につく一生一度のチャンスです。

履歴書には10を超える職歴から「松江市衛生課臨時雇い」「天神町の書店」「米子市の雑貨卸店」の3つに絞り、期間を延長して書きます。私文書偽造だけれど、全部書いたら、書類選考ではねられるのは確実です。

試験日に備え、中古背広に大金投入。革靴は親戚から借りる。

第二次面接試験の案内が来ました。常用しているのは「作業着、ゴム靴、ズック」

姉と二人で、松江市津田街道の質流れ品店に行き、値札5,500円を500円値引きしてもらいました。今のお金で5万円以上。昔は手縫いが、ほとんどで高価。今なら新品でも2万円で買えます。靴は姉の親戚からお借りします。

「絶対に受かる」「どうしても採用してもらう」清水の舞台から飛び降りる気持ち。まさに、背水の陣です。これだけの金を使い、万全の準備、そして、家族みんなの支援を受けるのですから。

4月16日、天満宮内の寺津屋すし店で面接と筆記試験

会場は3年間、私が勤務した書店の100メートル南の旅館とレストラン。かって、山陰を営業担当しておられた伊賀忠之現大阪支店長はここを定宿としておられました。今日の試験官です。

応募者36名。二次面接者16名。採用1名。厳しい。

面接では、マナーを心し、はきはきとしっかり応答しました。

採用通知は4月21日。電報「4月25日、大阪支店に出社されたし」

電報が来ました。面接での必死の思いが伝わったのでしょうか。

「もう、仕事探しをしないで、一生の仕事として取り組める」母を亡くして、18年間希望の持てない毎日でした。お金がなくて、新聞代やNHKラジオの集金人が来られる頃は、玄関にカギをかけて、家族みんな息をひそめることもありました。

もう、そんなことをしなくていい。つらい時でも、「今までの苦しい体験を思い出して、仕事に取り組もう」決意します。

天にも昇る気持ちとは、こんな時のことなのでしょうか。耐乏生活を強いられている姉妹弟も飛び上がって大喜びです。「兄が銀行に勤務している」「卒業した松江高校が進学校である」のが採用の決め手になったと思います。

採用は奇跡の幸運でした。

① 3月20日、米子市の衣料品卸を退社したばかりの失業中。

② 徹夜の将棋で島根新聞の求人欄。ロッテ募集を見つけた。

③ 採用に興信所調査しないで、試験官即決。家庭の貧困わからず。

④ 身体検査なし。肋膜炎、カリエス、肺結核の病歴知られず。

ロッテ大阪支店に初出社（4．25）

松江発夜行列車で大阪梅田へ。

駅に着く。環状線で玉造駅。徒歩5分で大阪支店。

清掃中の女子社員に会社の様子を聞く。副社長と支店長、経理課長の席など。

朝礼後、西日本地区ロッテ商事責任者　井上長治副社長に呼ばれました。

副社長は私の履歴書を御覧になって「東郷さんは今まで3回も仕事を変わっていますね。こんな事ではロッテで務まりません」「仕事を選んだら、一生やり遂げる覚悟が大事です」厳しく叱責されました。

履歴書に書いてない日雇い労働など決して言えません。リタイアするまで、自分の過去は社内の誰にも話さないようにしました。

3か月の試用期間は日給400円、月10,000円。今までの賃金より4割も高額です。

井上副社長は2年後の私たちの結婚式に主賓として、松江市までお出でくださるのですから、人生は不思議です。幸運です。感謝です。

名刺の信用力

ロッテ商事株式会社大阪支店　島根県駐在員　東郷克三

初めて見る自分の名刺。恥ずかしいような、誇らしいようにも思えます。

1週間、大阪支店で講習を受けて、すぐに、島根県内の特約店にあいさつ回りします。名刺を見て、応接室に通されます。もちろん、私でなく会社を信用してのことです。

日本一大きい混浴露天風呂のある有名な高級旅館「玉造温泉　長楽園」でさえ、2か月先の「30名の宿泊と芸子さん挙げての大宴会」を名刺1枚で、心よく受け入れてくださいました。世間に認知された会社の一員であるだけで、こんな対応をしていただける。ありがたく、自信を持てるようになります。

仕事が楽しい

１９５２年、高校卒業の時は不況の真っただ中、入社した１９６０年は、日本は高度経済成長期に入っています。成長著しい企業は４月の新規採用では足りず、即戦力の社員を中途採用しました。ロッテ各県の駐在員の多くは中途採用でした。しかし、このころ入社した社員の中には転職する人もいました。好況の時で、求人がたくさんあったからです。

しかし、私は今まで定職につけず、やむなく重ねた職歴に比べ、誇りと希望をもって仕事ができるロッテは天国です。本当にそう思って表裏なく、仕事に取り組みましたから成果が上がりました。

人前で大きい声が出るようになりました。

小中学生のころから「両親を亡くし、耐乏生活、大学進学かなわず、大病、日雇い労働が続き」いつの間にか、卑屈になり、小さな声になっていました。

しかし、ロッテに入って、数百人の販売店の前での商品説明、大きな声で話さなければご理解いただけません。おかげさまで、腹から大きい声が出るようになりました。そうなると、仕事がより楽しくなります。

それからは、いろんな会合で「乾杯の音頭、あいさつ、手締め、万歳三唱」などのご指名を受けました。

白名啓美さんとお見合い（1962．1．14　29歳）

松江市殿町　喫茶公映パーラー。お仲人・岡村澄江さんと島根県立松江女子校の同級生・日野幸子さんがこの場を設営くださいました。日野さんは啓美の叔母さん。岡村さんが話を進められます。

啓美は下ばかり見て、小さな声で話しました。おとなしそうです。

ロッテに入社して1年になると、お得意様、将棋の先輩、社内の上司、親戚から結婚の話をいただきました。しかし、妹弟と生きるのが精いっぱいの暮らし、とても結婚などは。そのための貯金もありません。

今回は、啓美が実の母を小学校3年生で亡くしていますから、私の家庭事情も受け入れることが出来るかも知れないと思いました。それに、岡村さんは私の家庭をよく知っておられ、信頼出来ます。心が少し動きました。その夜、夜行列車で大阪支店に向かいます。

玉造温泉長楽園で山陰地区特約店招待会（1962．3．20　29歳）
各社長と幹部の皆様をご招待しての商品説明会と懇親会です。
説明会。伊賀大阪支店長は、日ごろのご支援に感謝し、会社の方針を申し上げられました。私は「ロッテ天然チクルガムの効用と新商品の説明」をしました。

懇親会。支店長は商都大阪で鍛えられた「おもてなし名人」お得意の阿波踊りを披露されて、それはそれは、大変な盛り上がりでした。

（ロッテ）伊賀大阪支店長　安部営業課長（山陰担当）東郷　太田　鐘築

伊賀支店長　啓美と会われる　松江大橋北詰の喫茶店（29歳）

玉造温泉招待会の翌日は春分の日、祝日。

昨日の懇親会に出席された岡村さんは、伊賀支店長に私たちの結婚話をされて、啓美に面接していただきたいとお願いされたのでしょう。

支店長「東郷君、結婚話があるようだね」「白名さんをタクシーで呼んで来なさい」

私は一度だけ、家の前まで送ったことがありますので、迎えに行きました。

タクシーは待っておられるのに、大阪支店長と聞いて慌てているのか、時間がかかります。啓美は支店長と課長の前で、緊張していたのか、お見合いの時より、さらに、か細い声で答えています。

面接が終わって支店長「和服がよく似合いそうな、よいお嬢さんです」「結婚しなさい」「僕が結婚式に出ます」「今から三成のお父さんに会いましょう」

私「まだ一度も、三成の家に行ったことありません」と辞退しました。

支店長は我が子のことのように本気です。

啓美の父は「ロッテの事務所が松江になく、自宅から営業活動している」「実の両親が亡くなって、克三さんが生計の担い手」そんな心配があったと思います。岡村さんは白名家の不安をなくすために「支店長に保証人として、結婚式に出てください」とお願いされたと推察します。

結婚式に井上長治副社長ご出席（1962．5．17　松江市大社教　29歳）

お仲人　浜村博（印刷会社社長）、岡村澄江（松江煙草組合）

副社長は大阪から「特急まつかぜ号」で松江に。駐在員で役職もないのに、例のない特別なことです。大阪支店の主任が随行。

前日、副社長はタクシーで新雑賀町の自宅にお祝いを持って来られました。台風で、玄関横の壁が傾いており、驚かれたに違いありません。

当面の生活に追われていたので、私は結婚資金を用意しておらず、7人の兄弟姉妹のうち長兄だけ出席。副社長が主賓と決まり、私は高知の兄に手紙を書いて出席をお願いしました。兄の務める銀行はロッテと取引があり、喜んで帰郷してくれました。

苦労を共にしてきた6人には、申し訳なかったです。

披露宴

司会者もいない披露宴。副社長はたまりかねて「僭越ですが、一言お祝いを申し上げます。東郷さんは謹厳実直、将来の幹部として期待しています」と入社2年生には過分な祝辞をいただきます。親戚の方々も結婚を喜んで下さいました。

「明るい家庭をつくる」「会社と社会にとって役に立つ人間になる」「結婚できたのは多くの人のご支援のおかげです」責任と感謝の気持ちを、持ち続けようと思いました。

ロッテ松江出張所開設　初代所長を命じられる（1963．8．1　30歳）

「入社3年、高校卒、中途入社なのに」他の先輩から異論がありました。ですから、伊賀支店長の登用に何としても、お応えしなければなりません。

ガーナチョコレート発表会　米子高島屋（1963．10．2　31歳）

山陰地区特約卸店社長をお招きして。

本社　　　　能仲専務　乙守常務　諸田宣伝課長

広島支店　　伊賀支店長　広島係長　岡山所長　下関所長

松江出張所　東郷所長　大西主任　太田社員　鐘築社員　栂社員

ロッテがガーナチョコレートで業界参入しました。

重光社長は新規参入には、品質で最初からトップを目指すことが大事との方針。

広告会社がセットした豪華な発表会です。

ガーナチョコレートは大ヒットし、ロングセラー商品に育ちました。

広島支店広島山口担当に転任（1965．7．1　32歳）

松江から、中国一の都会広島。新たな学習のチャンス。

長男　誕生　広島日赤病院（1965．9．15　33歳）

伊賀支店長の奥様が雨の中、病室においでくださる。急な入院。近くに親戚もなく、身寄りのない啓美は会社に電話。心配して、支店長が奥様に依頼してくださったのです。ありがたいです。妻は心強かったと話します。

私は山口県菓子問屋総会に出張中でした。

伊賀忠之支店長亡くなられる（1967．6．3　34歳）

井上長治副社長、井上健大阪支店長、身内の方に見守られて。

私にとって、ロッテ採用試験官、結婚支援、住宅の斡旋、仕事でもチャンスをくださり、人生を救ってくださった大恩人です。病院の廊下で、一人で感謝と無念の涙が止まりません。

重光武雄創業者の経営理念を学ぶ

伊賀支店長の社葬（1967．6．6　34歳）

東京から、重光社長夫妻がおいでになり、社葬後、タクシーで広島市内の大手5特約店にご案内します。私は入社して7年、34歳で初めて社長にお目にかかります。

お得意先に着きました。社長が笑顔で、長身の体を折り曲げ、深々とお辞儀して、お礼を申される姿に感銘を受けました。

札幌での同行と会議（1976．9．1　44歳）

ソウルロッテホテル開業のために、大手建設会社の方々とロッテ担当役員6名が千歳空港にお着きになりました。

先頭車に社長と二人だけで乗ります。北海道庁までの車の中で、質問を受けました。「札幌の今の温度は」「ＬＨＰ（婦人社員）は何人か」「ガム、チョコレートのマーケットサイズ」「各社のシェア」「チャネル別チョコレートの経費率」などを。札幌の天候は新聞で事前に、ご存じのはずです。

社長は「マーケットの実態を数字でしっかり把握すれば、対策も、明確になるし、仕事への興味が高まる」と言われます。これは、何事にも通じる、とても大事なことと思います。

札幌市内の見学

北海道庁→ホテル→デパート。社長は気の付いたことをどんどん言われ、随行の専門家に質問をされます。道庁では内部のつくり、外壁を丹念に見られる。ホテルでは廊下の幅と壁の材質、客室のベッド周りの通路の幅、バスルームの石鹸置き場。小さなことまで指摘されます。厨房室でも、ホテルの方に尋ねられます。デパートではエレベーターやハンカチ売り場の位置。

ホテルでの夕食

私は社宅が北海道神宮の近くで、短時間で帰宅できます。食事は遠慮していましたら、隣におられる社長「君も少し飲みなさい」とお酒を勧めてくださいました。お心遣いに、恐縮しました。

夕食の後、23時まで、ソウルロッテホテルの建設会議。

ホテルのロビーには砂岩を使ったらどうか?

かって、社長会議で「新分野への進出には、品質、サービス、ロケーションを最初から地域一番にすること」が大事と話されていました。建設に門外漢の私は会議終了まで同席させてもらいました。建築の専門用語がどんどん出てきましたが、とても勉強になりました。

翌朝、円山の自宅から、朝食に間に合うように、6時半にホテルに着きました。社長はすでに、着がえてホテルの外観を見ておられます。

「お客様、社員、会社の経営、社会の変化」など、四六時中、考えておられるのか。そう思いました。

地方駅の駅売店でお礼を申される社長（1983年）

社長がお一人で新潟県に来られ、私の担当エリアでしたから、お迎えしました。「タクシーはこちらです」とご案内しますが、社長が向かわれたのは反対方向の弘済会売店です。慌てて走りました。社長は売店スタッフの方に「何時もありがとうございます」笑顔で会釈してお礼を申されます。

都内はもちろん、地方でも売り場の実態を確認されているのです。

福岡市での市況報告（1977．5．26　44歳）

北海道から九州に転任して間もなく、重光社長がソウルロッテデパートの開業に向け、人事の要件でおいでになりました。

博多駅前のホテルで社長と二人、市況報告をしながら昼食させていただきます。社長「婦人社員は今どんな活動をしているか？」東郷「これから夏に向かいますから、店頭の古いチョコレートをガムと交換しています」社長「徹底してやってくれ。美味しい商品を届けること」

大勢の会議の場ではなく、二人だけでの指示です。
品質第一主義の経営理念は社長の一貫した信念と受け止めました。

好調な時こそ謙虚に

社長はロッテオリオンズが優勝した時も、ほとんどマスコミの取材を受けられません。監督、コーチ、選手にその脚光が当たります。

ロッテオリオンズ球団買収の時だけは、岸信介元総理、大映オリオンズの永田雅一オーナーとのお姿がテレビ、新聞に報じられました。社長の信念です。

重光創業者へ万感込めてのお礼を申し上げたい。

重光オーナーは日韓両国で事業を起こし、成功されました。

27歳で採用され、新しい人生が開けました。日本でのお別れ会は、新型コロナで無期延期になっています。

私は元社員ですが、ひとりの人間として、心からお礼を申し上げたいと願っております。

次男　出生　大阪上六　バルナバ病院（1967．10．3　35歳）

井上副社長夫人のご紹介の有名な病院です。夫人から、誕生のお祝いまでいただきました。母子ともに健康。

ロッテ全国転勤で家族みんながリフレッシュ

大阪支店　島根県駐在員　27歳
広島支店　松江出張所　30歳
広島支店　広島山口担当　32歳
大阪支店　大阪泉南地区担当　34歳
大阪支店　量販店担当　36歳
関西特販部　39歳
中部地区営業部　40歳
北海道地区営業部　41歳
九州統轄支店　45歳
関東第二統括支店　51歳
中部統括支店　53歳

川崎球場　58歳
ロッテマリーンズ球団　60歳

転勤で初心に帰る

新しいエリアに赴任すると、社内の社員、お得意様、市場の実態などをゼロから学び直さないといけません。これは自分を謙虚にし、初心に帰らせます。

多くの人との出会いは、その方の長所を学び、観察力を高めてくれます。

会社のおかげで、流通業、食品業の方には毎日。政界、財界、建築家、歌手、俳優、プロ野球の監督・選手。いろんなところで、お目にかかり、お話を聞きました。それは、大きな財産になります。

普通の大学には行けませんでしたが、ロッテ労働大学を卒業しました。そして、多くのことを学んだと感謝の気持ちでいっぱいです。

家族も転居で、友人が出来、体験を広げました。

妻　啓美は、初対面の方にも気安く話しかけるので、各地に良いお友達が出来ました。スイミング、洋裁、和裁、絵手紙のサークルに入れていただきます。

日本マスターズ水泳協会　東京国立会場（1992．5．17）
54歳　自由形　100メートル　1分43秒94　3位　銅賞

福岡県ねんりんピック文化祭　福岡県シニア美術展（2009．6．16）
絵手紙　優秀賞　福岡県社会福祉協議会長賞　東郷　啓美

ことば　奥出雲生まれのわたくしも　すっかり博多色に、なじみました
お宿はこちら　どうぞ　お泊り下さいませ
オシャレな　あなたから　元気ありがとう
絵　山アジサイ　ほたる袋　五色ドクダミ

長男、次男の転校と成長

私の転勤に伴い、二人の子供は「奈良市登美ヶ丘幼稚園」「登美ヶ丘小学校」

「名古屋市大杉小学校」「札幌市円山小学校」「福岡市長住小学校」「福岡市和白丘中学校」へ。

新しい環境になれるように、努力したでしょう。先生、友人、近所の方がみんな変わるのですから、大人の私よりも大変だったと思います。

北海道で「スキーとスイミング」、奈良で「絵画」、名古屋で「書道」を教わりました。

それらの体験は社会人としても、役に立ったに違いありません。

ロッテマリーンズに関わる

川崎球場はロッテオリオンズのフランチャイズ

ロッテから出向して川崎市営球場に勤務、社長は元読売巨人の広報部長　小野陽章氏。副社長は川崎市からの出向。

小野社長はセパ両リーグの年間表彰式に連れて下さり、パリーグ本部や各球団幹部に紹介いただきました。大リーグで大活躍した「野茂英雄投手」の精悍な表情や鋼のような体には、圧倒されました。

シーズンオフには、翌年のパリーグ公式戦の年間指定席の拡売に努めました。ロッテが千葉に移転するのではないか？　連日のように、ＴＶと新聞に報道されて、球場職員も疑心暗鬼です。ロッテオリオンズは福岡市からも誘致されていました。

実は10年後、福岡島根県人会で山崎広太郎元福岡市長が私に「オリオンズを福岡に誘致するため、ロッテ本社で松井球団社長にお会いしました。立派な方でした」とおっしゃいました。

当時は金田正一監督。村田兆治投手の引退試合は超満員の川崎球場で行われ、熱狂的なゲームになりました。

千葉ロッテマリーンズ　千葉に移転（1991年　60歳）

川崎から千葉に移り「新球団名公募」「ドラフト」とイベントを重ねるごとに人気に加速がつき、シーズン指定席は発売開始以来20日でネット裏のS席を完売しました。

予想以上です。

千葉日報新聞社の誘致からの宣伝広報活動、千葉市、地元企業、熱狂的なファンの支援のおかげです。東京スポーツ新聞に「好調な売れ行き」と大きく報道されました。

私、退任するとき、マリンスタジアムの社長、副社長はじめ全社員の方から色紙をいただきました。

「社員の鑑　東郷部長　ご健康を祈る」「そのさわやかな声を何時までも大切にしてください」「明るく元気な挨拶の人」など、身に余る言葉をいただきました。思いやりの色紙に涙が出るほど感激しました。

その後、千葉マリーンズは「明るくセンスの良い応援団」「お客様本位の経営」などで、さらなる人気と観客動員の増加につながっています。ありがとうございます。

好きな将棋が一生の力になる

小学校2年生から将棋を始めます。小学4年生で5歳、9歳上の兄に勝てるようになりました。盤をひっくり返すけんかになりました。

将棋は相手の王将を先に取ったほうが勝ちになります。囲碁のように20対30との得点差でなく、100対0です。勝ったら嬉しいけど、負けたら涙が出るほど悔しいです。彗星のように連戦連勝し、時の人になった藤井聡太九段も小学生のときの決勝戦で負け、舞台の上でひっくり返って泣き叫んだそうです。

縁台将棋で町内の大人と対局

昔は室内にクーラーはなく、夏になると浴衣を着て、長椅子で家族総出の夕涼みします。そして、男は大人も子供も将棋を指しました。5年生になると、近所の大人にも殆んど勝ちます。中学に入ると、他の町内に出かけて挑戦し棋力を上げました。将棋は礼を大切にします。年長の方も社長さんも、ひとりの人間として対等に接してくださるので、苦しい環境にあっても対局中は人間復活です。救われました。

真剣士に教えてもらう（１９４７年　14歳）

中国電力に勤務しておられた大四郎叔父さんが、知人の石川和傘店に私をオートバイに乗せて連れて下さいました。

石川さんは県の大会には参加されず、他県からの真剣士が泊まりがけで、やってくる県下ナンバーワンの実力者。見るからに勝負師といった感じの石川さんは、駒を並べると、自分の飛車と角をはずされました。私は「いくら強くても二枚落ちなら勝てる」と思いましたが、いつも活躍する飛車角の動きを封じられて、2局とも完敗です。叔父さんは店を出て「もうすこし、やれると思ったのに」と、がっかりです。しかし、これを契機に私の将棋熱は高まります。

産経新聞　島根将棋よもやま話（１９６１．４．20　28歳）
「すでに、東郷、坂本時代」の見出しで、写真掲載。
「東郷二段は昭和30年ごろから注目され、加儀佐十郎四段（出雲）、多久和金市三段（平田市）の両人も口をそろえて「東郷時代が来る」と期待をかけられた。毎年、秋に開かれる中国大会で34年、35年と連続して島根県代表として活躍している」と。

主な大会成績
広島県南部将棋選手権大会　優勝　１９６３年　広島支店勤務　30歳
池田勇人総理大臣杯　５連勝　竹原商工会館
翌日の毎日新聞に「東郷さん優勝」と。伊賀支店長は会社で新聞を御覧になり「東郷君、優勝したのかね」と声をかけられました。

日本将棋連盟島根県支部結成記念大会　優勝　１９６５年　32歳
新装なった山陰新報社にて。
来賓　伊達島根県副知事　斎藤松江市長　木幡吹月山陰新報社長
審判長　熊谷達人八段（日本将棋連盟常務）　出場者　75名
優勝　東郷三段　山陰テレビニュースで放送されました。
優勝戦の棋譜が１週間、山陰新報で連載。「三香子」の観戦記。

大山康晴先生との懇親会　１９７９．７．28　46歳
場所　佐賀市松原町　由緒ある楊柳亭　会費７，０００円
名人は日本将棋連盟会長。酒席で名人「森永さんには、行ったことがあります。
ロッテさんには未だ行ったことありません」大名人なのに、親しく話してくださり、杯もいただきました、

全国職域将棋大会　東京武道館　１９８３年　51歳

ロッテ浦和研究所2チーム出場。欠員が出たため、商事から急遽参加させていただきました。東京大学、大阪大学、名古屋大学など、学生将棋の強豪メンバーです。

3千人の壮観な大会。私4勝1敗。楽しく嬉しい大会でした。

ねんりんピック1995しまね　全国健康福祉島根大会　63歳

毎年持ち回りで開催される大会。今回は私の郷里島根で、常陸宮夫妻ご臨席で開催されました。福岡市の将棋代表　長友　東郷　安田3名

10月20日　博多駅→松江　市内観光（明々庵→武家屋敷→小泉八雲記念館→鷺の湯荘泊）

10月21日　総合開会式　松江市営球場　常陸宮ご挨拶

10月22日～23日　将棋大会　安来市体育館

会場に白名省三、白名淳三、日野コト、東郷和子、鐘築孝夫、東郷啓美の皆様が応援に来てくださいました。久しぶりの対面です。

10月24日　鷺の湯荘→島根ワイナリー→出雲大社→長門湯本温泉泊
10月25日　長門湯本温泉→仙崎→遊覧船→青海島めぐり→楊貴妃の里→博多駅

日本将棋連盟　五段免状　2000年　67歳
東郷克三殿
夙に将棋に堪能にして　修行宜しく　熟達益ます　厚きを認め　茲に五段を免許す
平成12年7月1日　　日本将棋連盟

日本将棋連盟将棋公認コーチ登録　2009．3．19　76歳
今後は地域の将棋の普及に一層のご協力とご活躍をお願い申し上げます。
日本将棋連盟

ロッテマリーンズを退任　リタイア（1993．3　60歳）

何かのお役に立ちたい

福岡に帰りました。仕事から解放され、今まで出来なかった旅行や趣味の将棋を指し、書道と英会話教室に通いました。しかし、3か月もしたら、体が元気なのに遊んでばかりいるのは申し訳ない。年金をもらっての暮らしには罪悪感が出てきます。

人のために、なんの役に立たないのは、空しいものです。

そしてボランテイア活動を始めました。

最初は福岡市老人福祉センター　舞鶴園将棋教室　7年間

60歳以上の福岡市民が、いろんな教室に参加できます。63歳から将棋を担当しました。将棋盤の準備。総当たりリーグ戦の実施。初心者の方との対局。

高齢者はそれぞれ異なる生活体験をしておられます。独自の歴史をお持ちです。だから、個々の違いを認め、多様な価値観や生活スタイルを尊重しなければなりません。

TNC西日本文化サークル　ジュニア将棋教室　7年間

小学生です。身に着けてほしいと、心掛けたこと。
①　礼儀作法。礼をして、お願いします。駒の並べ方。負けました。
②　子供のころに、得意なものを持つ。何事にも自信を持てる。
③　強くなるために大事なこと、大局観。問題点を見つける。いくつからの読みから最善手を選ぶ。決断。実行。勝敗はすべて自己責任との考えを持つ。駒の価値を知り、損得を考える。歩を大切にする。
④　負けるのもよい体験。悔しいのは、忍耐力とさらなる研究心を高める。

和白東公民館子供将棋教室　5年間

初め、遊びの広場の一つとしてコーナーで、10名ほどでした。子ども将棋教室にしたら、30名になりました。本気度が高まります。

福岡市介護老人福祉センター　さくら園　3年間

舞鶴園で学ぶ生徒さんの自発的ボランティアにより活動。10名。車いすの清掃と花壇の手入れです。シニアーの方ですが皆さんよく活動されました。お役に立てて、楽しく、元気になれます。

国の重要文化財　福岡県公会堂貴賓館のガイドボランテイア　5年間

明治43年の第13回九州沖縄八県連合共進会。来賓の接待場所でした。開幕に合わせて、近くを通る路面電車が開業しました。貴賓館には全国から、アジア各国から観光客がおいでになります。建築の専門家や歴史の先生もおいでになります。それぞれのお客様にお応えするご案内を心掛けました。お客様から学ぶこともたくさんあります。
開館100周年の日、NHKとRKBテレビが、私がお客様にガイドしている映像を、夕方のニュースで放送されました。

町内会長担当　2年間

この地域に住めることに、誇りを持てる街にしましょう。清潔。挨拶。助け合い。安全。等しく人間として尊重される街に。会計の透明性も大切です。

福岡市立舞鶴小学校　総合学習の時間に参加　4日間

4年生。総合学習の時間。「シルバーパワー　将棋に生かされた人生」と題して、将棋の魅力や歴史を。そして私が困難を将棋で乗り越えたことをお話ししました。
3人の生徒さんと対局もしました。担当の先生のお取り計らいにお礼申し上げます。

飯塚市の心療内科病院　将棋対話　3年間

将棋クラブの皆さんとの対局です。初日、3人の方がまず、おいでになりました。

60歳台の方と盤をはさみ「よろしくお願いします」「相当、お強いですね」と話しても、一言も話されません。後のお二人は、3メートル離れての観戦です。

4人目の時に、最初の方がおいでになり、私に「先生今日はありがとうございました」とおっしゃって、頭を下げられました。私は驚いて、立ち上がり「私こそよろしくお願いします」と言って握手しました。そうしたら、離れていた方も近くに寄ってこられました。「私たちの将棋友達なんだ」と安心されたのでしょう。

それからは、皆さん普通の方よりも、よく話されるようになりました。

先生や作業療法士の方にお尋ねすると「みんな、将棋をしているときは、日ごろの表情や行動と全く違います」「これが、ほんとうの姿なのだと思います」と言われました。「相手の方を尊重して、好きな将棋をすれば心を開いてくださる」将棋の持つ魅力を改めて、認識し、うれしかったです。

80歳の時に皆さんから色紙をいただきました。その中に「なれなれて　へだて心もなかりけり　御恩は決して忘れません」「ひとり一人の個性に合わせた温かいご指導　心から感謝します」とあり、感動しました。

介護施設　創生園　将棋対話　4年間

高齢のほとんどの男性は、若いころ将棋を指した経験をお持ちです。女性の方も子供のころ、はさみ将棋や周り将棋を指しておられます。だから、対局の周りに、車椅子でお集まりくださいます。昔話をよくしてくださいます。お互いに心を開いての対話が楽しい。

皆さんの前で、園から感謝状をいただきました。私こそ、充実した時間に感謝いたします。

生涯学習

英会話　厚生年金会館　舞鶴園　福岡県教育研修センター

ヒアリングが前より出来て、外国の方と簡単な会話が嬉しいです。
書道　書芸院　舞鶴園　東香園　　かな　楷書　行書　草書
書道を教わると、手紙をすぐ、書けるようになります。
唱歌　舞鶴園　ピアノで歌おう
民謡　舞鶴園　腹からの声が出ます。肺炎予防にも。
カラオケ　舞鶴園　85歳から学び、楽しくなりました。
年齢はいくつになっても興味をもって学べば上達すると、わかりました。

図書館での学び

福岡県立図書館、東市民センター、新宮図書館で本を借り、新聞は5紙読ませていただきます。日経、朝日、毎日、西日本、読売。新聞は同じニュースでもとらえ方が違いますから、1紙では偏ります。

九州管区警察局長表彰　福岡県交通安全県民大会（２０１６．11．９）

優良運転者　福岡県98人　福岡市７人　東区１人

現役のころ、ロッテで交通安全功労者として、交通栄誉賞をいただいたおかげです。

初孫生まれる　有希ちゃん　横浜市（２０１０．11．19）

私たちにとって初めての孫です。一つ一つの成長がとても嬉しいです。

「まずは、健康であってほしい」　そして「人の気持ちや立場を想像できるようになって」と願っています。

啓美　心臓手術成功　九州医療センター（２０１７．11．27）

大動脈弁膜症の手術後、普通の家事をやれます。掃除、洗濯、買い物、調理、そして、ウォーキング４，０００歩、スイミング、体操。

障害者１級に認定されましたが、要介護ではありません。かつて、坂道を登れませんでしたが、医療のおかげです。

２０２１年　ＭＹ　ＰＬＡＮ　今日の一日を大切に

明日ありと思う心の仇桜　夜半に嵐の吹かぬものかは　親鸞聖人

お医者さんは「あなたの年齢では、何があっても不思議ではありません」とおっしゃいます。

①今日できることは明日に延ばさない。すぐやる。

②大好きなことは存分に楽しむ。

③少しでも周囲の人のお役に立つ。

④家族に感謝する。

⑤歳をとることを楽しむ。

⑥エンディング　自分史　自筆遺言書　家族葬　エンディングノート　遺影

⑦健康　バランス食　ウォーキングは１分１００メートルの速歩で４，０００歩

定期健診　社会参加　朝風呂での全身マッサージで血流促進　ラジオ体操
腹式呼吸による声出し　カラオケで歌う　ストレッチ
健康法は、自分に合った情報の選択が大切に思います。

⑧　快適住空間　物を選択し減らす　整理整頓　庭の剪定手入れ　家の内外に空間を

88年の人生に感謝

自分の来し方を振り返り「楽しかったこと」「たくさんのご支援をいただいたこと」「がんばって困難を乗り越えたこと」などを思い出すと、自分の人生を幸運で実りあるものと肯定的に考えられます。

「恩人　家族　将棋　ロッテ　地域社会の皆様」のおかげと厚くお礼を申し上げます。ありがとうございます。

著者プロフィール

東郷 克三（とうごう かつみ）

1932年松江市生まれ。島根県立松江高校卒。小・中学生の時に両親を亡くす。少年時代に肋膜炎、肋骨カリエス、肺結核の大病連鎖。

競輪場、松江市役所衛生班、衣料品卸、書店、建設工事など15の職を経て、27歳でロッテに中途採用された。北海道から九州まで全国を転任。

小学2年から始めた将棋が今日までの80年、生きる力になる。リタイア後、TNC西日本文化サークルジュニア将棋教室、福岡市高齢者将棋教室の講師、心療内科病院や介護施設での将棋対話ボランティア、国の重要文化財福岡公会堂貴賓館のガイド、福岡市介護支援ボランティアなど、85歳まで活動。

88年史 波乱万丈の少年時代から希望の道が開けました

2021年11月15日　初版第1刷発行

著　者　東郷 克三
発行者　瓜谷 綱延
発行所　株式会社文芸社
〒160-0022　東京都新宿区新宿1－10－1
電話　03-5369-3060（代表）
03-5369-2299（販売）

印刷所　株式会社平河工業社

ISBN978-4-286-23100-6